QUATRO HISTÓRIAS

VOZES DA ÁFRICA

JOÃO PAULO BORGES COELHO

QUATRO HISTÓRIAS

kapulana

São Paulo

2021

Copyright © 2019 João Paulo Borges Coelho.
Copyright © 2021 Editora Kapulana Ltda. (Brasil).

A Editora optou por adaptar o texto para a grafia da língua portuguesa de expressão brasileira.

Direção editorial: Rosana M. Weg
Projeto gráfico e capa: Daniela Miwa Taira

Dados Internacionais de Catalogação na Publicação (CIP)
(Câmara Brasileira do Livro, SP, Brasil)

Coelho, João Paulo Borges
Quatro histórias/ João Paulo Borges Coelho. -- 1. ed. -- São Paulo: Kapulana Publicações, 2021. -- (Vozes da África)

ISBN 978-65-87231-04-4

1. Contos africanos I. Título II. Série.

20-52359   CDD-M869.3

Índices para catálogo sistemático:

1. Contos : Literatura moçambicana em português M869.3
Aline Graziele Benitez - Bibliotecária - CRB-1/3129

REPÚBLICA PORTUGUESA
CULTURA
DIREÇÃO-GERAL DO LIVRO, DOS ARQUIVOS E DAS BIBLIOTECAS

Edição apoiada pela DGLAB - Direção-Geral do Livro, dos Arquivos e das Bibliotecas / Cultura - Portugal

2021

Reprodução proibida (Lei 9.601/98).
Todos os direitos desta edição reservados à Editora Kapulana Ltda
editora@kapulana.com.br – www.kapulana.com.br

07	MARIA ERNESTINA E AS QUATRO SENHORAS
19	**PAU MACAU**
37	ANJO VOADOR
45	MARES, O MAR

O AUTOR

MARIA ERNESTINA
E AS QUATRO SENHORAS

A princípio, olhamos a fotografia e não reparamos nela. Estão apenas quatro senhoras alemãs tomando café no jardim, com complicados vestidos que seriam brancos não fosse o amarelo do tempo e da umidade manchar o papel. Quatro senhoras, com penteados de época que mal se veem uma vez que as cabeças estão mergulhadas na penumbra espessa das mangueiras que as protegem do sol cru de Bagamoyo. Olhamos com atenção e parece que falam serenamente umas com as outras num alemão ciciado e gutural.

Uma delas pode ter sido *Frau* Peters, e tem uma expressão preocupada, certamente por causa dos acontecimentos do ano que findou. O marido veio antes, para negociar com Sayyid Khalifa, o Sultão de Zanzibar, uma autorização especial para que a sua companhia – a *Deutsch Ostafrikanische Gesellschaft* – pudesse operar na fina tira de costa que vem de Tanga até aqui, cobrando taxas alfandegárias sobre tudo o que entrasse ou saísse. Os anos foram passando, e *Herr* Peters, orientado por nobres princípios cristãos e pela ciência comercial, fez por ganhar o pouco abonatório epíteto de *Mikono wa Damu*, por outras palavras "aquele que tem as mãos sujas de sangue". Esforçava-se por dificultar a vida aos senhores dos escravos, discutia com eles, opunha-lhes uma nova interpretação do mundo, inaceitável, e ia em seguida importunar o Sultão com os seus empertigados protestos. Este geralmente ouvia-o para não ter de se maçar, com isso descontentando os seus. Até que um dia, estava-se no final de 1888, o *wali* Abushiri ibn Salam al-Harthi não pôde mais e partiu de Pangani com o intuito de atirar com os alemães ao mesmo mar por onde haviam chegado.

Frau Peters é uma senhora educada, vê-se nos modos

suaves como pega na chávena e a leva aos lábios. Ninguém diria que é também uma mulher dura e corajosa, que atravessou sem um esmorecimento estes difíceis momentos ao lado do marido. Mas agora preocupa-se.

Empolgados pelo exemplo de al-Harthi, levantaram-se outros *walis* da costa, incendiando os estabelecimentos alemães, as suas residências e tímidos jardins, até que o chanceler Otto von Bismarck, ouvindo lá de longe estas desgraças e estes perigos, enviou apressadamente um comissário do *Reich*, o capitão Hermann von Wissmann, que aqui chegou em Março do ano seguinte com a sua tropa de sudaneses, somalis e angonis, para reimpor a ordem, já que o Sultão não conseguia ou se desinteressava de o fazer. Von Wissmann desembarcou com alarido em Bagamoyo, capturou e enforcou al-Harthi, e depois partiu costa fora a fazer o mesmo a todos os restantes que se haviam revoltado. Bwana Heri rendeu-se em Abril, em Maio coube a vez a Hassan bin Omari Makunganya, *wali* de Kilwa, que foi pendurado no ramo alto de uma frondosa figueira-da-índia. Passou quase um ano e a paz está feita, mas estas feridas fundas levam tempo a secar. O medo, quando se instala, custa a partir.

Voltamos à fotografia, deambulamos por ela. Os pequenos objetos, as cadeiras de verga, a mesinha de madeira escura, os bules e os naperons, o bordado, o livro pousado sobre a almofada deixando que a leve brisa lhe vire as páginas. É de Heine, e está aberto no poema-canção de Lorelei:

> *Não sei o que me assombra*
> *e entristece os dias,*
> *confunde-me essa velha lenda,*
> *o peso desse encantamento.*

Mais atrás, as mangueiras farfalhudas, o Índico ao longe como um pano liso e claro, deitado. Só então damos com ela. Escuríssima, mais que a penumbra das árvores, um pouco afastada e de pé, o olhar chispando um brilho recém-domado, duas manchas brancas no amarelo da fotografia: eis a antiga escrava Maria Ernestina.

Traz uma roupa limpa, embora se note que não foi feita à medida. Nos gestos, adivinha-se a preocupação de fazer como lhe foi ensinado, e com cuidado, para não deixar cair nem entornar. Segura uma bandeja vazia, e deve ter sido em cima dela que trouxe o café que as senhoras deixam esfriar nas chávenas de porcelana enquanto trocam as suas opiniões preocupadas. As senhoras e os objetos são amarelos, tal como as árvores ou o mar. Só o olhar de Maria Ernestina é um clarão branco que perfura a tarde amarela de Bagamoyo. É quase bonita, não fosse aquela rigidez hierática em que os do mato se põem sempre que sentem a surda explosão do fotografar, que faz deles esculturas de ébano tensas e distantes. Ou então porque são recentes as lembranças daquilo que aconteceu, e as esteja ainda mastigando.

A chegada dos captores à aldeia em Bukavu, nos confins do interior congolês, surgindo do nada como feras rapaces, ávidas de tudo quanto mexia. A fuga precipitada do povo pelo mato fora, ela puxada por um braço pela mãe apavorada, esta caindo trespassada por uma comprida lança para que aprendesse a não fugir, última e escusada lição. E a rapariga ficando ali a segurar a mão de um cadáver trespassado e inútil, até que chegou o árabe com um olho de cada cor – Ahmed lhe chamavam – para dizer:

– A rapariga é minha, ninguém lhe toca! Ouviram? Ninguém lhe toca!

Depois, a jornada interminável, as cinzas da aldeia deixadas para trás, as florestas altas onde o céu é verde e o ar é água, a coluna tropegamente avançando, grossas correntes unindo os cativos pelos pescoços. Os outros vergastando à ilharga para lhes estugar o passo, sempre praguejando. De vez em quando a noite, e Ahmed, um olho de cada cor, reiterando:

– A rapariga é minha, ninguém lhe toca! – e ela num

terror suspenso na margem do entendimento, na orla das fogueiras, na vizinhança do urrar das feras vindo do escuro.

Chegava o dia depois da noite, veio a savana depois das montanhas, rios velozes e barulhentos que era preciso atravessar. Vieram até pequenas aldeias salpicando as encostas na distância, sem se atreverem a interpelar os viajantes que lhes atravessavam os domínios. Tudo isso a caravana suportou, cantando em coro a velha canção swahili:

> *Alegra-te, alma minha, põe de lado as dores,*
> *não tarda chegaremos ao lugar dos teus anseios,*
> *Bagamoyo, a cidade das palmeiras.*
> *Lá longe, doía-me o coração pensando em ti,*
> *lugar dos felizes, Bagamoyo.*
> *Ali entrançam os cabelos as mulheres*
> *e bebe-se vinho de palma o ano inteiro,*
> *no jardim do amor, em Bagamoyo.*
> *Os dhows chegam com as velas alinhadas pelo vento*
> *e levam para bordo o tesouro de Uleias,*
> *no porto de Bagamoyo.*
> *Oh, a delícia de ver os ngomas*
> *onde as doces raparigas se bamboleiam*
> *dançando nas noites de Bagamoyo.*
> *Aquieta-te, coração meu, foram-se as dores,*
> *soam jubilosos os tambores,*
> *chegamos a Bagamoyo.*

Um dia, exausta, chegou de fato a caravana a esse lugar ansiado pelas almas dos captores e desconhecido das dos escravos. Ahmed exultava com o final da provação que fora a viagem, com a esperança no negócio que estava em vias de levar a cabo, com a perspectiva de uma noite bebendo vinho de palma e espreitando a dança das mulheres. Mas surpreenderam-no as urgentes e graves notícias: andavam os infiéis ao largo com os seus terríficos meios, era preciso fazer a entrega quanto antes.

Recolheram de imediato ao Caravanserai[1], em cujo pátio atravessaram a noite: os senhores fazendo as contas da mercadoria e os planos da ação; os escravos, amontoados, produzindo um silêncio importunado pelos gemidos dos mais fracos que o estalar impaciente dos chicotes se esforçava por calar. Rapidamente começou a seleção dos pequenos grupos a quem caberia a má sorte de serem os primeiros. Ahmed avançava por entre o mar de gente e, com secos trejeitos que os seus homens sabiam ler, ia indicando um a um aqueles que queria que partissem. Várias vezes tropeçou o olhar na rapariga, afagando-lhe com ele a pele como quem afaga o pelo a uma gazela do mato. Ela estremecia como se fosse essa gazela. Mas Ahmed foi adiando o seco trejeito que a significaria a ela, na dúvida se a sensação vinha da mera posse dessa gazela ou se havia ali mais qualquer coisa.

Os escolhidos eram levados para a casa da Alfândega e ficavam dentro dos seus muros altos rondando em círculos com vendas nos olhos, como uma grande cobra cega e enrolada. Não podiam ver o mar – não podiam sentir o esmagamento que é vê-lo pela primeira vez – para que o torpor não desse lugar ao terror, que é meio-caminho andado para uma revolta também ela cega, para os senhores inoportuna. Vê-lo-iam quando o dia clareasse e estivessem já cercados de água, dentro de um *dhow* de velas enfunadas avançando ao sabor da monção. Vê-lo-iam quando o passo dado fosse irreparável e a sua condição um destino. Entretanto, encolhia-se-lhes o coração na espera.

Saíam esses lotes um a um, entre o Caravanserai e a Alfândega, e de cada vez o que calharia à rapariga ia sendo adiado.

– Levamos esta finalmente, senhor? – perguntavam-lhe, intrigados.

---

[1] Caravanserai: tipo de hotel ou hospedaria, comum na Ásia, norte da África e no sudeste da Europa, principalmente na Rota da Seda, que abrigava os que viajavam para vender mercadorias.

E Ahmed, um olho de cada cor, em cada um deles uma certeza diferente, repetia em voz cansada:

– Na rapariga ninguém toca, já disse!

Não sabia se essa escrava era uma joia que era preciso guardar ou apenas uma impressão passageira que podia descartar. No intervalo das orações, dos planos e das ordens, vinha espreitá-la furtivamente a fim de amadurecer a sua resolução. E tanto cultivou Ahmed estas indecisões que um dia era já tarde, os alemães de von Wissmann bloqueavam a entrada da praia com os seus canhões. As *Schutztruppe* desembarcavam.

Praguejou o esclavagista duas vezes, enquanto se perdia no escuro dos matos para lá de Bomani Road: a primeira por aquele esforço de ir tão longe buscar mercadoria sem proveito algum, a segunda porque o que quer que tivesse decidido relativamente à rapariga – se a enviava ou não – já não o conseguiria pôr em prática. Quanto a ela, se o destino lhe fora padrasto na aldeia onde nascera, mudava agora de sentido e estendia-lhe a mão para a impedir de embarcar.

Resistiram com raiva e valentia os *walis* e seus empregados, pois sabiam que se deixassem entrar os europeus era o seu mundo que se acabava. Inventavam vitórias dos de Pangani, dos de Tanga, dos de Kilwa Kivinje, para dar alento aos seus em Bagamoyo. Casa a casa, porta a porta, teve von Wissmann de sujar as mãos bem sujas de sangue – tanto que o nome de *Mikono wa Damu* lhe assentaria tão bem quanto assentara ao seu antecessor – mas no final ficou capaz de reclamar a difícil vitória. Depois desta, houve ainda que bater os matos e voltar a matar aquilo que parecia já morto, pois que mesmo agonizantes voltavam os feridos a reviver, de armas na mão, sempre que lhes surgia na visão um infiel. Eram muito apegados ao modo como se dispunha o seu mundo, não queriam outro nem por nada.

Limparam-se as estradas de todo aquele sangue. Dos buracos onde se haviam escondido saíram os alemães da terra, trêmulos e sujos, cheios de fome, contentes com a libertação. Entre eles, *Frau* Peters, e é isso que ela explica à recém-chegada *Frau* von Wissmann enquanto tomam café, no amarelo da fotografia. Como se lhe dissesse,

– Vivi o meu tempo e ele foi bom, apesar de todos estes sustos e de todo este sangue. Passo-lhe agora o testemunho, cara amiga.

E *Frau* von Wissmann inclina a cabeça compreendendo, no íntimo esperando que o seu mandato de esposa do comissário do Reich seja um pouco mais ameno.

Porém, nada do que foi dito explica a sorte que coube àquela negra que permanece ereta na penumbra das mangueiras, de bandeja na mão, no olhar um fulgor branco que traz intacto desde a aldeia onde a foram buscar até ao interior desta velha fotografia. Por isso o olhar inquisitivo de *Frau* von Wissmann, enquanto lança uma rápida mirada à estátua de ébano que jaz imóvel a um canto:

– Como foi?

– É simples, – explica *Frau* Peters. Libertaram-se os poucos escravos que sobravam, acocorados no Caravanserai ou errando em círculos, de olhos vendados, no pátio da casa da Alfândega, à espera de uma monção que acabou por não chegar a tempo. Entre eles, aquela rapariga padecendo de tantas incertezas desde que deixara a sua aldeia. Vagueava pelas ruas sem ter onde ir, Customs Road, depois, à direita, Makarani Street, Magosani Street, e ninguém que lhe desse um pão, até que quis o destino que tomasse a via principal, India Street, e passasse cambaleando à porta da residência que os Peters acabavam de reocupar.

A *Frau* Peters, que no jardim observava que roseiras se podiam salvar, fez-lhe pena aquele terror continuado que leu nos olhos da rapariga. E disse:

– Entra, que te dou de comer.

Teve que esclarecer a oferta com a ajuda de mais gestos, já que a rapariga não entendia o alemão nem o kiswahili em que os criados o traduziram. *Frau* Peters ainda lhe perguntou:

— Como te chamas? — e a rapariga murmurou qualquer coisa, tão baixo que quem estava presente não conseguiu ouvir.

— Maria Ernestina! — sentenciou *Frau* Peters, depois de uma pausa.

E ficaremos para sempre sem saber se esse nome português foi um que a rapariga trouxe das lonjuras de Bukavu, ou antes um outro que a patroa lhe pôs, em honra de alguém que tenha admirado.

E ali está ela, a antiga escrava Maria Ernestina, rígida como um pedaço de ébano, a bandeja vazia na mão. E as senhoras conversando. E o café esfriando.

Na fotografia, *Frau* Peters tem um ar preocupado. Regressará à Europa em breve, dentro em pouco Bagamoyo não passará de uma recordação. Penosa e preciosa, mas mesmo assim uma recordação esfriando lentamente nos brocados e nas sedas, em fotografias como esta que daqui levar, até que tudo inevitavelmente se acabe num sótão, trastes velhos e sem dono, quando *Frau* Peters passar a ser qualquer coisa de diferente do que é, dependendo da crença que tiver e que esta fotografia por ora não revela. As amigas que com ela estão no jardim partirão também. *Frau* von Wissmann ainda aceitará a rapariga por uns meses, mas também ela terá de acompanhar o marido a Dar es Salaam, a nova capital da possessão. Bagamoyo, passados estes curtos anos de glória e sangue, sem os *dhows* de Oman nem um comboio prometido para levar e trazer coisas, sem a multidão de escravos cegos, voltará a ser a pequena praia de pescadores de onde, em noites escuras, quase se vê o brilho de Zanzibar.

— E Maria Ernestina? — parecem perguntar as senhoras dentro da fotografia. — Que será dela?

Mary Prince, a mais jovem, não se atreve a anunciar a sua disposição de ficar com a criada. Não se sente no direito, limita-se a tomar café e a aprender com as amigas, mais velhas e experientes. O marido, Tom *von* Prince, um inglês germanizado, andará pelos confins do mato cumprindo novo sangrento desígnio. O Machemba dos Yao, o Sina dos Kibosho, o Nyamwezi de Tabora, Isika, são alguns dos que sentiram na carne o fio da espada deste jovem oficial a quem acabaram por chamar *Bwana Sakarani*, o homem selvagem. Ou então que se suicidaram com um tiro na cabeça, à vista do fim. Apegavam-se ao seu velho mundo, já se disse, custava-lhes ver o novo.

Frau von Bach-Zelewski, a quarta senhora, também ela ficaria com Maria Ernestina se pudesse. O seu esposo, o arrogante Emil von Bach-Zelewski, veio substituir von Wissmann no esmagamento de mais uma revolta, a dos Hehe de Makwawa, e afadiga-se na queima das aldeias com a ajuda de *von* Prince. Mas também ele não chegará a aquecer o lugar, substituído por ainda outro alto-comissário. Sucedem-se os jovens oficiais, espalhando sangue e ordem, como se sucedem os dias. Enquanto isso, as esposas esperam.

* * *

A velha escrava antiga percorre a praia de lés a lés, na esperança que algum pescador se condoa e lhe dê uns peixes para o jantar. Eles riem. Ela resiste como pode ao veloz contexto. Penetra no silêncio verde do mangal, procurando alimento. Lembra esses tempos. Por mais cruel que a juventude possa ter sido, lembramo-la sempre com saudade. O fotógrafo já aqui não está. Não estando ele, não está também a surda explosão que provocava no seu vício de fotografar. Nem, portanto, a rigidez de ébano da mulher. E é esta nova expressão, mais aberta e envelhecida, que nos permite avançar um pouco mais.

Frau von Wissmann, a quem Maria Ernestina não chegou a afeiçoar-se, está para partir. Pouco ensinou à escrava que *Frau* Peters não lhe tivesse ensinado já. Uns escassos meses são muito pouco na longa vida desta velha escrava antiga. Na verdade, na vida de toda a gente.

— Vou deixar-te com as freiras, rapariga — disse-lhe *Frau* von Wissmann antes de partir. Era um descargo de consciência, tal como, deixando a rapariga com ela, *Frau* Peters tivera o seu. — Lá aprenderás novas coisas, lá te protegerão.

Ficou, pois, na Casa das Irmãs, as únicas que pareciam imunes à febre do chegar para partir. Ao fundo da Avenida das Mangueiras, ao lado do velho casarão dos padres. Esfregando a pedra do chão, engomando os hábitos amarelos que se veem nas escassas fotografias, onde, branco, continua a ser apenas o fulgor do seu olhar. As irmãs rezam num coletivo murmúrio, ela acompanha-as, repetindo em voz baixa o seu nome,

"Maria Ernestina, Maria Ernestina, Maria Ernestina..." — como se o propósito da oração fosse ensinar-nos quem somos.

Enquanto isso, o moinho do tempo continua a moer meses e anos, acontecimentos. A guerra é um fogo persistente que se reaviva das cinzas. Estamos agora em 1905 e cabe a vez à revolta a que chamaram de Maji-Maji, a das águas sagradas com que o profeta Kinjikitile Ngwale lava os corajosos guerreiros para os tornar invulneráveis às balas do inimigo. Von Gotzen, von Hassell, Nigmann, o próprio *von* Prince ainda uma vez, todos se empenham em repor a sanguinária ordem. Mas, ai deles que as hordas se despejam incessantes sobre os Bomas alemães, e as metralhadoras se limitam a um monótono som sem conteúdo algum! Faltam-nos fotografias amarelas que nos mostrem as esposas destes assoberbados soldados, mas em contrapartida sobram os feridos de um lado e do outro, alguns chegando mesmo a este modesto lugar de Bagamoyo para que aqui possam encontrar a pausa necessária aos respectivos restabelecimentos.

Entre eles, um desconhecido que o acaso — ou então forças ainda mais misteriosas — quis que fosse Maria Ernestina a tratar, sempre ao serviço das freiras mas já titubeante enfermeira. Em tempo de guerra lida-se com o sangue.

Passa o pano molhado por aquela fronte febril e fremente,

volta a empapá-lo no balde e a torcê-lo para o tornar a passar. Fá-lo como lhe ensinaram, com cuidado, para não deixar cair nem entornar. E, enquanto o faz, sobressalta-se e exclama:

– O que é isto? – num suspiro, pois que lhe parece reconhecer aquele olhar de duas cores, um olho da cor dos céus e outro da cor da terra, embora céus e terra mais desmaiados, como se fossem as cores exaustas do dia que se segue a uma terrível tempestade.

Lá longe, foi isso mesmo que aconteceu, o indomável Ahmed jurando vingança e juntando-se ao Mbunga para poder cumpri-la, até que um dia, marchavam eles contra os askaris de von Hassell em Mahenge, a água de Kinjikitile Ngwale não conseguiu protegê-los, as balas saíam balas das metralhadoras e chegavam balas ao interior dos corpos agonizantes dos revoltosos.

Como Ahmed chegou aqui, não o saberia dizer. Sabe apenas que os seus dois olhos procuram os dela e se sobressaltam também.

– O que é isto? – e as suas palavras são um eco das palavras dela. Se um dos olhos lembra o que vê, o outro não tem ideia do que vai seguir-se. O olho claro vê a jovem escrava, secreta chama da sua inapagável rebeldia, mas o olho escuro pergunta-se se aquela já mulher não largará aos gritos, ou se vai voltar a molhar e a torcer o pano, desta vez para lho enfiar na boca e o sufocar. Tolhem-no os ferimentos, agarram-no ao catre e põem-no à mercê. Só os dois pensamentos se libertam e ficam rondando na penumbra da camarata, por cima dos feridos.

Podem muito as insondáveis forças, e não é nada disso o que ela faz.

– Chamo-me Maria Ernestina – revela-lhe, como se ela própria se surpreendesse com o fato. Como se transportasse há tanto tempo aquele segredo, e ele sem aparecer para o ouvir.

– Chamo-me Maria Ernestina – repete, como se orasse com as irmãs no silêncio da capela.

Para ele é como uma revelação, poder enfim juntar o nome verdadeiro àquilo que durante tanto tempo nomeou apenas como indecisão.

Chega uma irmã toda de branco dos pés à cabeça, zelando pelo trabalho e sondando os feridos. Pergunta qualquer coisa à rapariga, qualquer coisa a rapariga lhe responde. Fá-lo, no entanto, molhando e torcendo o pano com as trêmulas mãos, com cuidado, para não deixar cair nem entornar. Ahmed, preso ao catre e à mercê, não sabe se ela vai passar-lho na testa para lhe suavizar as ideias, se enfiar-lho na boca para calar o que teme ouvir. E é quando a rapariga responde, e a irmã se inclina e distrai no esforço de a entender, que o indomável esclavagista encontra forças que ninguém sabia existirem, e se esgueira pela janela como uma sombra quando muda a luz.

Ficou por sua vez a antiga escrava com uma privada dúvida, sem saber a quem limpara a testa com o pano úmido que tinha nas mãos. Se a um algoz em quem tropeçara há muito tempo no Bukavu distante, se a uma memória da juventude que se adoçava à medida que a idade e a condição lhe iam esvaziando o mundo.

> *Não sei o que me assombra*
> *e entristece os dias,*
> *confunde-me essa velha lenda,*
> *o peso desse encantamento.*

Vem a brisa, vira a folha do livro pousado em cima da almofada. Livro branco, como brancas são todas as coisas da paisagem, o Índico ao fundo, pano liso, deitado. Amarelo, só o olhar mortiço de Maria Ernestina, que se libertou de uma escrava condição mas se deixa prender pela umidade que há no tempo.

Fugiu-lhe pela janela a sombra ferida, escorrendo furtivamente na vaga direção do coqueiral e das ruínas de Kaole, e para lá delas através do mangal misterioso. Findo o qual algum *dhow* haverá que a leve pelo mar fora.

PAU MACAU

Desloquei-me recentemente a Macau, na pista de um lucrativo (embora ilegal) negócio de madeiras preciosas, um negócio que nos últimos anos tem florescido a partir do norte de Moçambique. Comecemos pelo princípio. O meu cliente, um poderoso e bem-sucedido empresário madeireiro da província de Cabo Delgado, no norte de Moçambique, desesperava com o abate de árvores e o roubo de troncos que ocorriam ambos clandestinamente nas suas terras, quase sempre a coberto da noite. As espécies eram sempre preciosas, os prejuízos consideráveis. Durante um tempo meteu-se-lhe na cabeça que conseguiria controlar o fenômeno. Espalhou guardas e montou armadilhas, pagou bem todas as informações colhidas nas aldeias ao redor. Mas era vítima da extensão dos seus domínios: se guardava um lado, apareciam clareiras na floresta do lado oposto, rodados de caminhão que acabavam por se perder nos inúmeros caminhos de terra por entre uma confusão de ramos despedaçados e folhagem dispersa. Raras vezes conseguia deitar a mão a alguém. Quando tal acontecia, tratava-se apenas de um miserável camponês agindo sob as ordens de um mandante impossível de identificar, que passara pela aldeia prometendo um saco de peixe-seco ou uns quantos metros de tecido. Ao meu cliente não restava, pois, senão mandar dar uma sova ao pobre diabo e mandá-lo de volta à origem. Uma vez foi um pouco mais do que isso: um grupo de meliantes que conseguiu capturar e transportou para a polícia da localidade, amarrados uns aos outros e ao taipal do caminhão. Porém, dias depois estavam cá fora a beber cerveja nas esquinas, insolentes e ufanos. Tinham quem os protegesse.

Tendo concluído que havia agentes da polícia envolvidos

no negócio, mudou de filosofia e tentou descobrir quem eram a fim de tentar com eles um entendimento. Seguia a lógica reinante, segundo a qual vence quem paga mais e melhor. Mas não conseguiu ir longe porque à outra parte saía mais barato roubar do que estabelecer compromissos, ou então porque a parte desconhecida pagava ainda mais e ainda melhor do que ele.

De qualquer maneira, foi no decurso destes esforços que me contratou. E que descobriu que havia chineses envolvidos na manobra. Companhias graúdas com fachadas respeitáveis, cujos nomes me abstenho de nomear por perfilhar a teoria de que o risco deve ser rigorosamente proporcional ao ganho. E o meu ganho permaneceu sempre diminuto, como se verá.

A princípio, a coisa não me pareceu problemática. Tratava-se apenas de seguir a pista dos roubos e identificar autores, chineses ou não. Afinal, tínhamos a chamada lei do nosso lado. Todavia, à medida que a investigação prosseguia foi ficando evidente que, além da carne para canhão e dos chineses propriamente ditos, havia também *peixe graúdo*, se me faço entender. *Autoridades*. Gente que não me fica bem nomear por uma questão de *amor à camisola*[2]. Ou seja, de patriotismo. Ninguém fica contente por ver o seu país achincalhado a partir de dentro (de fora, estamos infelizmente mais do que habituados). Foi isso que eu disse ao meu cliente, a quem doravante chamarei de Mondzo para lhe assegurar a privacidade, e por ser esta, juntamente com a Umbila, o Pau-Ferro, o Jambire e a Chanfuta, as espécies preciosas que lhe levavam: que, se também ele tinha amor à camisola, o melhor seria deixar ir uns quantos toros de madeira e considerar isso como custos de exploração. Aliás, eu próprio dava o exemplo abandonando uma pesquisa que me prometia um dinheiro relativamente fácil (há alturas em que não

---

[2] camisola: camiseta; camisa (Br).

nos podemos eximir de certos sacrifícios). Afinal, dizem os estudos que nos últimos cinco anos perto de noventa por cento da madeira preciosa extraída em Moçambique foi-o de forma ilegal, e dirigida à China. Se todos se dedicam afanosamente a construir o deserto de amanhã, quem éramos nós, o senhor Mondzo e eu, para tentar segurar o perigoso mar de lama com as mãos? Será que ele pretendia morrer afogado? Sem camisola?

O homem entendeu os meus receios, convidou-me mesmo para umas cervejas de despedida do caso, e foi esse o problema. Quando estas iam avançadas, confessou-me amargamente estar com a sensação do careca a quem cai cabelo aos punhados. E eu confesso que, naquele mar de fermentações, achei-me incapaz de saber se a sensação era literal ou uma referência a árvores e toros, ou mesmo às notas de banco que perdia.

No dia seguinte, tendo desaproveitado uma noite de sono que recuperasse a lucidez, o senhor Mondzo chamou-me para dizer, com grande espanto meu, que prosseguíamos com o *trabalho*. O fio de raciocínio era tortuoso, sem dúvida influenciado por séculos e séculos em que nós, africanos, pouco passamos de meras vítimas: a culpa não era dos *chefes* envolvidos na tramoia, mas sim dos chineses que nela os envolviam. Atrás de um grande corrupto está sempre um grande corruptor, disse ele não sem uma certa pompa. Havia, por conseguinte, que neutralizar estes últimos. Preservava o patriotismo, a chamada coesão de equipe.

Ouvi e preocupei-me. No fundo, tudo aquilo era resultado da cultura que, para mal dos nossos pecados, nos imbuiu nestas já mais de quatro décadas de independência, uma cultura de medo e reverência aos chefes mais do que à lei ou à justiça. Incapaz de os afrontar, o senhor Mondzo virava-se para os pobres (uma maneira de dizer) dos chineses. Mas não foi só isso que me preocupou. Pior ainda era o fato de ele pretender fazer de mim o instrumento da sua descabelada estratégia, que tinha pelo menos tantas falhas quantas as clareiras da sua cabeça, ou as outras que os ladrões deixavam na floresta de que, não sei como, ele, Mondzo, se apropriara. Daí à ideia estapafúrdia de me convidar a ir à China foi um pequeno passo.

Protestei. Embora curioso, não sou dado a viagens. O mundo é um lugar estranho, nos aviões apanham-se doenças, os polícias de aeroporto são do pior que há, etc. Além disso, não me sentia inclinado a receber um par de facadas num canto obscuro da China, ou a acordar a boiar numa baía de águas sujas com um nome impronunciável. Nada disso demoveu o senhor Mondzo. Essas coisas só aconteciam nos filmes, eu não ia lá para agir, mas apenas para observar, não podia agora abandoná-lo a meio do problema, não ficava bem, blá, blá, blá. Além dos honorários, ele pagava a passagem, o alojamento e as ajudas de custo, desde que as despesas fossem razoáveis e eu trouxesse os comprovativos para integrar na sua contabilidade. Dizia isso como se tivesse uma contabilidade impoluta e me estivesse a fazer um favor.

E, antes que eu percebesse com clareza o que me estava a acontecer, achei-me no longo voo SA286 com destino a Hong Kong para dali seguir para Macau, bebidas incluídas em montante razoável, e sopa chinesa distribuída à discrição durante toda a noite de viagem. Em rigor, o objetivo inicial era Guangdong, por ter surgido este nome escrito num papel que veio parar às mãos do senhor Mondzo, ligado a uma das empresas de cujo nome me abstive de mencionar. Mas depois verificamos tratar-se de uma província, uma pista demasiado vaga, portanto. O desalento abateu-se sobre nós, mas na altura eu já estava convencido, na verdade tinha até já gasto uma parte do adiantamento que ele me fizera, de modo que sugeri Macau. Fi-lo sem pensar. Hoje, olhando para trás, as respostas continuam a escassear. Talvez o tenha feito por ter passado a infância a ouvir as lamúrias da minha avó acerca do marido dela (o *Chinês*, chamava-lhe ela, embora fosse tão moçambicano como nós), o marido dela, dizia, que foi enviado pelos portugueses para aquela cidade em comissão militar e se deixou perder pelas chinesas, fazendo da velha uma espécie de falsa viúva; ou então por ter a ideia de que lá se falava português. É que o meu inglês é fraco, o deles também, imagine-se o pouco que eu podia fazer se me encontrasse em apuros, possibilidade que me parecia cada vez mais nítida.

Voltando ao que interessa. De Hong Kong segui no *ferry* para Macau sem novidade de maior, de modo que a meio da tarde, depois de alguma inquirição, já me encontrava hospedado numa casa que alugava quartos, perto do cruzamento da Estrada do Repouso com a Rua da Alegria. Mais do que a qualidade do alojamento, segui a sugestão de um empregado de limpeza da estação, que arranhava o português, e guiei-me pelo preço e pelo bom augúrio que ambas as ruas prometiam (repouso e alegria). Aproveitei o resto do dia para descer até ao porto exterior, de onde fiquei a ver as dragas que trabalhavam nos aterros e os aviõezinhos telecomandados a subir empertigadamente aos céus. Entretanto, refletia acerca da minha situação, que era deveras lamentável. Não tinha qualquer pista, o mais provável seria passar as semanas seguintes a cirandar por ali até se acabar o dinheiro e ter de regressar para ouvir as recriminações do senhor Mondzo. Todavia, não podia estar mais enganado uma vez que aqueles minutos de bucólica serenidade acabariam por ser os últimos que tive em Macau.

Cansado das vistas, atravessei a Avenida Sun Yat Sen e pus-me a caminho, à procura de um sítio barato onde comer. Passei o Clube Militar, subi a escadaria do jardinzinho de São Francisco que lhe fica sobranceiro, e perdi-me no dédalo de ruas que se seguem. Foi nessa altura que reparei na montra de uma loja, que sobressaía pelo bom gosto. Austera, era composta por duas cadeiras de estilo moderno separadas por uma mesa esguia. Nada mais que eu recorde, talvez um jarro na mesa. O nome da loja era também diferente das flores de lótus, alegrias eternas e dragões orientais que pululam por ali. Chamava-se Verdi. À porta, um jovem envergando um fato[3] de bom corte corria os ferrolhos. Sorrimos um para o outro em jeito de cumprimento. A escuridão começava já a tomar conta das esquinas. Perguntou-me se eu queria entrar para ver alguma coisa. Infelizmente, teria de ser breve pois estava na hora de fechar. Disse-lhe que voltaria num outro dia. Talvez tenha deixado escapar um comentário sobre a qualidade daquilo que estava exposto. Conversamos uns minutos e ele perguntou-me se trabalhava no ramo.

Pensando bem, até lhe podia ter respondido que sim uma vez que me ligava ao meu cliente uma obrigação contratual a respeito de madeiras, presentes ou ausentes, e o mobiliário que ele tinha na loja era, afinal, madeira. Mas respondi que não. Simplesmente, do sítio de onde eu vinha, Moçambique, havia, pelo menos por enquanto, madeira de qualidade idêntica àquela, senão mesmo melhor. Era natural, portanto, que eu soubesse do que falava. Os olhos dele brilharam, interessados. Palavra puxa palavra e o homem, enquanto acabava de fechar o estabelecimento, perguntou-me se eu já tinha jantado. Respondi que não.

Dirigimo-nos a uma pequena casa de pasto de aspecto duvidoso, não muito longe dali, onde, não fosse ele e ninguém entenderia o meu pedido nem eu entenderia o que havia para comer. Vestido como estava, o jovem também parecia deslocado do ambiente. Contudo, pela familiaridade com que se movia, devia ir ali muitas vezes. Sugeriu-me uma sopa cantonesa que não estava má se não tivermos em conta uns objetos de identificação difícil que boiavam dentro dela. Riu-se e assegurou-me que era tudo comestível, ao mesmo tempo que mandava vir uma segunda garrafa de vinho português (havíamos já bebido a primeira enquanto

---

[3] fato: traje; terno (Br.).

esperávamos pela comida). Perguntou-me o que fazia em Macau. Omitindo as verdadeiras razões, dei-lhe apenas meia verdade: um avô meu tinha sido enviado pelos portugueses para cumprir serviço militar em Macau e, ao que constava na família, aqui deixara uma razoável prole; eu estava ali para descobrir esse rastro a fim de encher a minha pobre mãe de irmãozinhos tortos. Enchemos mais um copo em honra do meu avô. Por minha vez, perguntei-lhe se era banqueiro ou se trabalhava no jogo (embora distinta, a loja parecia-me pouco para aquele fato e para os modos do rapaz). Tornou a rir-se. Entretanto, foi preciso vir mais vinho para que me contasse resumidamente algo que eu nunca me deveria ter disposto a ouvir: a história da sua vida.

Wei Mu (que significa qualquer coisa como madeira preciosa – chamo-lhe assim para não me comprometer) contou-me que cresceu em berço dourado. Quando chegou à idade própria foi estudar na Universidade Metropolitana de Londres, onde concluiu um curso de design em tempo recorde e com notas elevadíssimas. Transferiu-se então para Milão, onde estagiou e concebeu as bases de um negócio que ele antevia muito promissor: a importação de mobiliário italiano distinto para clientes de luxo em Macau. Regressou e estabeleceu uma casa, a Verdi, que já referi mas cuja localização precisa me abstenho de revelar por razões de segurança. Nos primeiros tempos as coisas correram ainda melhor do que nos planos: Wei Mu voava trimestralmente para Milão e escolhia as peças que eram despachadas para Macau e vendidas aos ricaços. Mas depois as coisas começaram a complicar-se, e Wei Mu mandou vir nova garrafa de vinho que lhe incutisse forças para descrever a nova fase, e a mim para escutá-la.

Certa manhã, dirigindo-se para a Verdi como de costume, calhou reparar na montra da loja que existe do outro lado da rua, mesmo em frente. O estabelecimento pertencia a um modesto marceneiro que amontoava peças de gosto inenarrável. Estacou, intrigado. Havia ali uma cadeira que lhe era mais do que familiar. Mil e uma coisas lhe passaram pela cabeça: que os vizinhos lhe tivessem roubado a cadeira, que o fornecedor italiano estivesse a fazer jogo duplo, no sentido literal e figurado, enviando material para a concorrência, etc., etc. Entretanto, atravessou a rua para ver melhor e reparou logo, aliviado, que se tratava apenas de uma grosseira falsificação. Resolveu entrar para perguntar o preço e exercer alguma ironia, e tropeçou com cadeiras feitas de madeira barata escurecida à custa de vernizes. As arestas, raspadas por um manuseamento descuidado, revelavam candidamente o que estava por baixo: matéria de caixote. O marceneiro disse o preço e era barato, condicente com o valor e com a poder de compra de quem não tinha perfil para distinguir entre um original e uma cópia de madeira ordinária.

O episódio ficaria por aqui, não fosse o feitio do povo chinês.

Com o correr dos meses o negócio de Wei Mu começou a decair. Em contrapartida, a loja em frente exsudava prosperidade. Convém dizer, nesta altura, que o nome dessa loja era Dragão Verde, e que a palavra Dragão se tinha desprendido do letreiro ordinário, de modo que ficara apenas Verde, ao lado de uma cabeça de dragão que tirava uma grande língua rubra apontada para a loja original, a verdadeira Verdi. Como se troçasse dela. Mas, o que deixava Wei Mu à beira de uma apoplexia era mais do que isso: é que, dias depois de expor na montra uma peça nova chegada de Milão, invariavelmente surgia uma cópia na loja do marceneiro, grosseiramente talhada em madeira de caixote mas com inegáveis semelhanças com a que lhe servira de modelo. Cópia essa que era imediatamente vendida. Era como se, além de lhe destruir o negócio, o concorrente zombasse dele. Nova garrafa, para afogar as mágoas que aquela lembrança suscitava (terceira ou quarta – eu já não estava em condição de contá-las). Quanto a mim, escutava tudo aquilo apoiado na amurada de um velho junco que balouçava perigosamente no agitado Rio das Pérolas. Em desespero, passou pela cabeça de Wei Mu cobrir as peças importadas com panos que impedissem que o marceneiro as copiasse, mas deu-se conta do absurdo que isso era uma vez que o recurso também as esconderia da clientela. Montou guarda noites a fio, o que nada resolveu. Dois ou três dias depois, inevitável como o despontar do sol, surgia a réplica na montra da frente.

Calculo que foi nessa altura que o velho junco naufragou. As gargalhadas na sala tornaram-se ensurdecedoras, os comensais tinham cabeças de dragão (verdes ou não), os empregados asas de morcego, o tilintar dos copos eram vidros que explodiam. Quanto a mim, empreendi uma queda em vertiginosa espiral enquanto indagava obsessiva e algo confusamente as razões que levavam um povo tão numeroso a dedicar-se com afinco a cópias e reproduções quando, ao contrário da multiplicação, a parcimônia seria o mais avisado tendo em conta as dimensões finitas do pobre mundo onde todos temos de caber. Por outro lado, havia aqui uma ironia aguda se comparássemos a situação da minha terra, onde as árvores desapareciam, com esta onde a gente e as coisas se multiplicavam. Lembro-me vagamente de ter colocado estas questões a Wei Mu, embora não faça ideia de quais terão sido as suas respostas. Lembro-me, também vagamente, que ele foi formulando perguntas que devem ter esbarrado no meu obstinado mutismo, que assumia a forma de uma espécie de resposta automática que treinara até à exaustão em pleno voo para cá, enquanto os restantes passageiros dormiam, uma fórmula capaz de resistir a sessões de tortura levadas a cabo por férulas máfias da madeira roubada e, como fica provado, também de resistir ao álcool que as circunstâncias me dessem a ingerir em excesso, mesmo aquele que presumivelmente existe por aqui, com cobras e outras coisas dentro: só responderia se o meu cliente me desse autorização. Era isto que diria e acho ter dito, como o prisioneiro que dá apenas o nome e o número do regimento, nada mais.

Voltei a mim encostado a um poste de iluminação, convencido de ter sido Wei Mu quem me deixara ali. A meu lado, um velho negro, baixo e anafado como um Buda, ajudou-me a caminhar o pouco que ainda faltava até chegar a casa. No caminho, confessou ser meu avô.

No dia seguinte, a proprietária recebeu-me com um chorrilho de insultos cujo sentido, não fora a chegada oportuna de Wei Mu para traduzir, eu teria sido incapaz de apreender. Aquela era uma casa séria, a partir de certas horas não admitiam barulho nas escadas nem portas a bater.

Assim que deixamos aquele lugar agitado e partimos à procura de uma sopa quente e picante que apagasse os vestígios da véspera, Wei Mu contou-me que descobrira algo muito importante que não queria deixar de partilhar comigo. Por essa razão voltara à minha procura (além, claro, de pretender certificar-se do estado em que a violência da noite anterior me deixara). Fiquei um pouco intrigado, por não me lembrar de lhe ter dito exatamente onde morava. A estranheza acentuou-se quando me disse que ele próprio me havia metido na cama e tapado com uma coberta. De uma penada resolveu-me dois enigmas, devolvendo o meu avô a um sonho acompanhado pelos vapores residuais do vinho português da véspera. Já quanto à sua descoberta, nada me poderia ter deixado mais alerta. Nessa manhã, ao chegar à Verdi, reparara numa furgoneta estacionada em frente à maldita (Dragão) Verde. A porta traseira estava entreaberta. Seguindo a intuição, aproximara-se para espreitar. E o que vira deixara-o estupefato: um par de cadeiras e mesas que estavam longe de ser cópias, feitas das melhores madeiras africanas. Novamente lhe viera o espectro de uma possível traição a partir de Milão. Entrara de mansinho na loja, onde não havia vivalma além do conhecido emaranhado de mobiliário tosco, sem qualquer alma. Ao fundo, nova porta entreaberta por onde espreitou. Do outro lado, sob um alpendre decrépito que dava para um minúsculo pátio, o marceneiro estava com alguém que presumivelmente seria o motorista da furgoneta. Fumavam e conversavam. Ao lado deles havia uma pilha de toros de madeira africana marcados a giz com o nome de uma das empresas que no princípio do relato me abstive de nomear, mas que Wei Mu desabridamente me revelou. A coincidência era extraordinária, e Wei Mu viera para me convidar a irmos lá de noite, quando todos estivessem a dormir, a fim de que eu comprovasse o fato com os meus próprios olhos.

Encaixei aquilo como pude. Se os chineses se acham os mais dissimulados do mundo – cheios de risinhos corteses enquanto nas costas afiam a navalha – é porque ainda não conhecem os moçambicanos, sobretudo quando vamos de visita ao estrangeiro. Somos só falinhas mansas e subserviências, cheios de sons exalados uma oitava acima, e de gestos executados um nível abaixo, mas trazemos desde o início uma ideia feita que nada do que nos for dito mudará. Foram séculos a apanhar que nos fizeram assim. Encaixei, como disse, e anuí.

Assim que Wei Mu virou costas pus-me a deitar contas à vida. Não me lembrava de lhe ter contado que estava aqui à procura de madeiras e pelos vistos contara. Por outro lado, pensava ter visto o meu avô e pelos vistos não vira. O álcool tem destas artimanhas: convoca o que está ausente e faz desaparecer aquilo que existe. Encolhi os ombros e resolvi telefonar ao senhor Mondzo para lhe dar conta da situação, a fim de decidirmos os dois o que fazer.

Esse contato, devo dizer desde já, foi um fiasco. O senhor Mondzo trovejou que eu não estava em Macau para procurar a família, perguntou quem pagara o vinho da véspera (esperava, pela minha saúde, que não tivesse sido eu), perguntou o que Wei Mu teria em mente. Respondi-lhe que talvez se quisesse vingar da concorrência, usando-me para esse fim. Quase no final, o senhor Mondzo lamentou-se que as clareiras das suas florestas andavam maiores do que nunca, razão pela qual se abstinha de vetar a iniciativa noturna que Wei Mu tinha em vista. De qualquer maneira, avisou, eu por meu turno que me abstivesse de correr riscos, ou que os corresse à minha responsabilidade. Ele já tinha preocupações que bastassem. Ainda me perguntou de que telefone eu ligava, se era aquele que me emprestara, quis saber a quanto estava o minuto de roaming entre Macau e Moçambique, mas eu, certo de que a partir dali aquele telefonema não me seria de qualquer utilidade, simulei uma dificuldade com a ligação e desliguei. Achava-me agora por conta própria. Passei o resto do dia a fazer de turista, gastando tempo até chegar a noite. Havia grande probabilidade de estarem nela as respostas que eu procurava. Desci até junto do *Casino Lisboa*, surpreendi-me com a maré de gente, por ser sábado. Chegavam do continente em filas de autocarros, derramavam-se pelos passeios em ondas mansas de uma poderosa maré, uma lava de ruralidade. Deixei-me ir na sua crista, observando os casais a posar para a fotografia, as roupas de festa, os olhares embasbacados, o vozear estridente de quem não tem a surpresa e a admiração como estados íntimos que devam em público ser moderados. Aos poucos, instalou-se em mim a dúvida entre o que é a qualidade da franqueza e o defeito dos gestos desabridos. Mais tarde, assim que as primeiras luzes começaram a acender-se, fazendo brilhar as montras de relógios amarelos e os balcões das casas de penhores que pululam ao redor dos cassinos, pus-me a caminho do meu encontro.

Wei Mu esperava-me. Matamos o resto de tempo até à meia-noite sorvendo uma sopa que ele trouxera numas caixas de cartão encerado e falando de tudo um pouco. Fechei os olhos e fui mastigando tudo o que boiava no líquido. Claramente, aprendia a sobreviver no lugar. Wei Mu contou-me dos seus planos. Havia casado há pouco e já esperavam o primeiro filho. Seria um rapaz, iria estudar em Londres ou Nova Iorque. Retribuí, contando-lhe da minha família.

Não da propriamente dita (não queria voltar à malfadada história do meu avô), mas da ocasional, os meus clientes. Falei-lhe do senhor Mondzo, nem sei por quê. Talvez por me sentir só. Partilhando com ele um segredo, retribuía de algum modo as provas de confiança que ele não cessava de me transmitir. Hoje, olhando para trás, não faço ideia se ele já sabia, por eu ter deixado escapar durante a bebedeira, ou se passara a saber naquele momento. De qualquer maneira, pareceu interessado, disse até que quem sabe um dia não faria negócio com o meu cliente, comprando-lhe madeira para as suas mobílias. Mondzo e Wei Mu fazendo negócio pareceu-me bem. Deixei-me embalar, afirmando que não me custava nada apresentá-los um ao outro. Piscou-me o olho e retorquiu que, quem sabe, não estaria ali uma gorda comissão reservada para mim.

A nossa linha de raciocínio foi interrompida pelas doze badaladas, após o que Wei Mu me fez sinal para nos pormos em movimento. Atravessamos a rua e seguimos colados à parede. Os transeuntes eram apenas raros àquela hora. Chegados à (Dragão) Verde, encostou-se discretamente a uma porta lateral, aplicou um canivete à fechadura e abriu-a sem qualquer dificuldade. Entramos e ele fechou a porta atrás de si. Estávamos num estreito corredor lateral, iluminados pelo luar. Ele elevou-se em braços e transpôs um tapume de cerca de metro e vinte. Levei um certo tempo a fazer o mesmo, por me faltar a mesma agilidade, e assim que aterrei no outro lado vi-me cercado pelos troncos moçambicanos que Wei Mu referira. Riscado um fósforo, pude verificar, por entre caracteres chineses, inscrições relativas à empresa chinesa que opera em Moçambique, que me abstive de nomear no princípio do relato e continuo a abster-me de nomear agora.

O primeiro pensamento que me veio à cabeça – absurdo, reconheço, embora algo a propósito – foi o de me deixar encher por um sentimento de orgulho e autoestima pela competência de que acabava de dar provas. Tinha chegado apenas há dois dias e, mais do que dar com pistas, chegava ao miolo do caso e estava à beira de deslindá-lo. Ocorreu-me mesmo que não seria descabido solicitar ao senhor Mondzo um substancial aumento dos meus honorários. Não prossegui com esta linha de raciocínio por, entretanto, o mundo se ter abatido sobre a minha nuca, pesado como um maço de Pau-Ferro.

Regressei a mim deitado no chão de um quartinho escuro e úmido, que mais tarde descobri ser nas traseiras da (Dragão) Verde, encarado por um surpreendente Wei Mu de pernas afastadas e braços cruzados à altura do peito. A coisa ameaçava tornar-se um padrão: adormecer sem estar na posse de todas as faculdades e acordar na presença de Wei Mu. Só que desta vez ele tinha um olhar que eu até então desconhecia. Acompanhavam-no dois meliantes, um escuro e maciço como um rochedo, chamado Li, e outro efeminado e esguio como uma cana de rio, de vozinha esganiçada, que tratavam por Chun. Depois de uma sibilina gargalhada, Wei Mu anunciou sem qualquer cerimônia que o prazo que me fora concedido para viver na terra estava em vias de expirar, e por culpa minha. Por não ter sabido manter-me afastado de onde não era chamado. E passou a desfiar um monótono rol de revelações e ameaças. As madeiras que eu vira eram dele, o marceneiro era um funcionário dele, a (Dragão) Verde era dele. Verde, Verdi. Não passava tudo de uma fachada para receber a madeira que chegava de Moçambique. Portanto, eu viera meter-me na boca do lobo. De mim nada pretendia, a não ser que lhe dissesse, antes de morrer, como é que chegara até à Verdi. Mera curiosidade. Intimamente, amaldiçoei o meu lendário faro para chegar ao âmago dos casos, de que imediatamente antes de adormecer tanto me orgulhara. Mas deixei-me ficar quieto e calado. Por um instante senti que ele estava prestes a ordenar a Li que desferisse o golpe de misericórdia, mas felizmente chegou um telefonema que o levou a mudar de ideias. Disse-me que eu estava cheio de sorte, pois tinha ainda dois ou três dias pela frente até à chegada de alguém que vinha despedir-se de mim. E, com uma pronúncia mais do que suspeita, referiu um nome muito conhecido e poderoso lá na minha terra, que me abstenho de nomear aqui, uma vez mais porque aquilo que o senhor Mondzo me paga não justifica o risco em que incorreria se o fizesse. Em seguida, Wei Mu girou nos envernizados calcanhares e desapareceu, calculo que para atravessar a rua e abrir a Verdi aos clientes, a fim de despachar mais uns quantos toros do senhor Mondzo travestidos de mobília italiana.

Quanto a mim, preparei-me para passar o dia à guarda de Li. O colosso estava sentado num tronco dos nossos, imóvel, com os braços descaídos e um olhar bovino, morto por me dar uma tareia. Sentia-me como os meus irmãos americanos condenados à cadeira elétrica, ou ainda pior, uma vez que a última refeição, longe de corresponder ao meu último desejo, foi a invariável sopa dos objetos desconhecidos, trazida ao meio dia por um Chun sempre exagerado no espalhafato dos gestos e na agudeza dos sons. Ao fim da tarde veio outra vez Wei Mu, para exercer às minhas custas uma ironia de gosto mais do que duvidoso.

Caiu a noite. Li partiu e ficou Chun a substituí-lo, para sorte minha. Digo isso porque a meio da noite, após as doze badaladas, hesitava eu entre dormitar e fazer contas à vida quando um vulto espesso despencou do avançado de chapa diretamente em cima do pobre Chun, que dormitava também e que, com um gemido de cana rachada, entrou sem transição num sono fundo. Despertei completamente, por causa do estrondo e por reconhecer, no recém-chegado, aquele que no meu sonho anterior se dissera meu avô. Pisquei os olhos e não era um sonho, era bem real. Fez sinal que o seguisse. Trepamos por cima dos troncos, saltamos o tapume, passamos o corredorzinho e a porta entreaberta (pelos vistos o meu avô também sabia usar o canivete), e ganhamos enfim a rua. Afastamo-nos rapidamente, evitando correr para não atrair as desnecessárias suspeitas dos escassos transeuntes. Ainda não tínhamos dobrado a esquina quando ouvimos os gritos histéricos de Chun, que pelos vistos não ficara tão maltratado como parecera. Apressamos o passo e, passado um pouco, corríamos francamente pelas ruas fora, o meu avô na frente e eu seguindo-o o melhor que era capaz. Nem queria acreditar na agilidade do velho. Atravessamos um cemitério de que não recordo o nome, e um feixe de ruas tortas, sem sermos capazes de deixar para trás os perseguidores. Sentíamo-lo pelo som dos caixotes de lixo tombados, pelo ruído de passos alterados e pelo som das pragas. Quando me convenci de que estava incapaz de dar mais um passo, o meu avô fez-me transpor um alto portão de ferro, que por artes mágicas transpôs ele próprio em seguida, e achamo-nos no interior do jardim de Lou Lim Ioc, vazio e escuro àquela hora. Escondemo-nos num canavial junto à água, sentindo nos pés as cócegas das pequenas tartarugas que abundam por ali. Entretanto, o tropel dos perseguidores foi esmorecendo até ser substituído pelo bulício do despontar da cidade.

O céu tingia-se agora de tons róseos, típicos da madrugada. O meu avô abandonou o nosso esconderijo e, com grande desfaçatez, pôs-se a fazer exercícios com os olhos fechados e muito concentrado. Em pouco tempo, meia dúzia de chineses, homens e mulheres, juntaram-se a ele. Rosnou-me, num português já com os erres algo enrolados, que fizesse o mesmo, pelo que saí do canavial e ginastiquei-me também. Não estava convencido de que dois negros, mais a mais molhados, pudessem passar assim tão despercebidos no meio da pequena multidão, mas a verdade é que não surgiu ninguém para nos interpelar. Enquanto subíamos e descíamos os braços, o meu avô, por monossílabos, foi fazendo algumas perguntas sobre a filha e sobre a independência do país. Quis saber se os comunistas já tinham escangalhado tudo. Lá lhe fui dizendo que o comunismo desaparecera, que agora éramos um país como os outros, com patrões e com criados. Ficou um tempo em silêncio, a matutar, até porque os velhos que nos cercavam se mostraram incomodados com aquela ladainha de sentido desconhecido, que os desconcentrava. Aproveitei para o observar melhor. Era gordo, já o disse, de pele mais clara que a minha ou a da minha mãe. Tinha os olhos papudos, vagamente achinesados. Não há dúvida que cinco décadas de vivência neste lugar começavam a deixar as suas marcas. O velho adaptara-se. Passado um pouco voltou à carga, assestando agora as baterias em mim. Perguntou-me se tinha uma ocupação honesta, se já fizera filhos, censurou-me severamente por me ter metido com gente do calibre de Wei Mu. Não deixava de ter alguma razão. Irritado, estive para lhe devolver a amabilidade perguntando-lhe se era bígamo, e quantos tios clandestinos afinal eu tinha, mas felizmente que me dei conta do absurdo da minha reação. Afinal de contas ele tinha-me resolvido um grande problema, embora ainda houvesse dúvidas quanto à minha situação. Portanto, ouvi e calei.

Quando nos certificamos de que já não havia gente de Wei Mu por ali, pusemo-nos a caminho. O meu avô ia na frente, fazendo sinal com gestos bruscos para que o seguisse. Atravessamos a cidade e fomo-nos enfiar num minúsculo apartamento para os lados da Rua do Seminário, nas proximidades do Teatro D. Pedro V. É lá que tenho vivido desde então, em conjunto com uma multidão da qual alguns, não sei bem quais, serão meus tios, completamente dependente da generosidade do meu velho avô. As Portas do Cerco, o cais do *ferry* e o aeroporto de Hong Kong estão cheios de Lis e Chuns à minha espera, calcula-se, mas o meu avô diz que em breve achará uma maneira de me devolver à minha terra, da qual morro já de saudades, além de que o senhor Mondzo já deve estar a pensar o pior. Raramente saio, a fim de evitar encontros indesejáveis. À noite, apanho um pouco de ar para os lados do Largo do Aquino e da Rua da Alfândega. Uma vez desci mesmo até lá abaixo, a ver os repuxos coloridos do Hotel Wynn, no meio de uma pequena multidão de famílias. Os miúdos corriam ao redor, com asas de anjo e varinhas mágicas, tirando guloseimas de sacos brilhantes. Dos repuxos saltavam corcéis dourados e erguiam-se templos de prata, por cujas rendilhadas paredes escorriam lágrimas de todas as cores. A noite estava amena. Por um momento senti-me realmente bem.

ANJO VOADOR

O falcão fica quieto durante um instante. O seu peito dilacerado está a latejar. O olho amarelo pisca mecanicamente. A cabeça pende para trás sobre si própria e depois todo o animal explode de novo em contorções loucas e gritos lancinantes, projetando fios de sangue para o céu vazio.

Sam Shepard

O *chapa*[4] jaz inclinado, as rodas da frente são lascas de borracha espalhadas ao acaso. O nariz está encostado à árvore cujo tronco ele próprio golpeou, resfolegando fumos e vapores com urros cavos de bicho ferido. No chão, um oleoso corrimento busca caminhos pelas gretas do passeio.

Os transeuntes apressam-se. Atravessam a estrada e pulam pedras e canteiros. Mantêm contudo uma prudente distância, indecisos ainda sobre como intervir. Temem talvez que os gestos bruscos façam desmoronar o quadro instável. Em cima, pintalgadas pelo arvoredo negro, as cores do céu levam a cabo um combate violento. Calaram-se os pássaros.

O dia é sempre lento no começo, como um carro velho que requer um certo tempo antes que o tome a velocidade. José Sião estica os braços e deixa estalar os ossos enquanto o olhar se perde no abacateiro do vizinho, para lá da janela. Um olhar vazio, imune à discussão dos pássaros dentro do céu verde manchado pelas cores suaves do amanhecer. Só o rio do tempo, quando correr veloz daqui a instantes, será capaz de arrastar nas suas águas o vazio que tem o olhar de

---

[4] chapa: veículo de transporte coletivo, privado; van; lotação.

José Sião neste momento. Um vazio atrás do qual se esconde uma espécie de ideia fixa, de que os dias começam dispersos – como se pudessem seguir um ou outro rumo – antes de engatarem numa resoluta sucessão. Boa ou má, tudo ficará definido desde o começo. É isto que vem à mente de José Sião enquanto o destino ainda se espreguiça.

Na verdade, difícil saber até quando duraria o vazio do seu olhar não fosse o grito de dona Rosita irrompendo da cozinha para perturbar a lentidão:

– Zézito, acorda!

José Sião está acordado, e por isso não responde. O chamamento fá-lo contudo regressar a este mundo. Há muito que desistiu de convencer dona Rosita de que não tem sentido continuar a ser chamado de Zézito. Boceja. Dona Rosa, apesar da sua idade, é e será Rosita para sempre.

Ela sente os movimentos do filho, sinal de que não precisa de voltar a gritar. Quanto aos pássaros, mantêm um silêncio intrigado tentando interpretar o grito. O grito e o asmático gorgolejar dos canos no esforço de soprarem uma água ausente.

– Mãe, balde! – grita José Sião, já encerrado no cubículo da casa de banho. E também não precisa de voltar a gritar porque dona Rosita vem chegando com o balde de água à cabeça. Disse-lhe o instinto, desde cedo, que era um daqueles dias em que a água reluta em chegar.

Enquanto se ensaboa, José Sião rumina algumas certezas quanto ao dia que aí vem. Aprendeu a reconhecer-lhes os sinais. Por isso não se surpreende quando a mãe lhe diz que Beninha ainda não chegou com o pão. Paciência.

Veste-se apressadamente, engole o chá de um trago, bate a porta e lança-se pela estrada fora, aliviado por se ter lembrado a tempo do *flash* que traz dentro da mochila. Dentro do *flash*, o ensaio cujo prazo de entrega termina hoje. Impreterivelmente, avisara o professor.

Enquanto corre, imagina o *chapa* abrandando para descrever a curva que ainda não se vê daqui, duas ruas mais abaixo. Quase sente o rangido da velha mudança tentando engrenar, ao contornar o cotovelo que a rua faz em frente ao posto de transmissão da EDM; juraria mesmo que ouviu o ruído das molas cansadas, como se o carro tivesse tropeçado nas duas covas fundas que há logo em seguida, deixadas pela última chuva. Cumprimenta vagamente alguns vizinhos, acena de longe à irmã que regressa distraída, o saco do pão à cabeça. É como se casas, árvores e pessoas estivessem imóveis enquanto ele próprio passa em corrida. Esta relação incute-lhe confiança, como se fosse capaz de seguir ainda à frente do dia.

Ousa até pensar que o *chapa* que aí vem é um *chapa* azul-escuro que tão bem conhece, rumando ao Museu. Pendurado na porta de correr, acenando alegremente, estará o jovem cobrador a quem todos chamam Obama, aquele que lhe reserva sempre um bom lugar sentado num dos bancos dianteiros. Sim, de certeza que Obama estará lá envergando a camisola da qual não se separa nunca, com o nome *di Maria* e o número 20 estampados a branco nas costas vermelhas.

Chega ao pequeno largo de terra batida – orlado de árvores antigas que souberam resistir ao alastramento da cidade, lianas longas pendendo dos ramos – a tempo de ver partir o tal *chapa* (era mesmo ele), largando um rolo de poeira fina eivado de fumos negros do escape. Consegue mesmo ler na janela traseira, a letras negras sobre uma tira lilás: Museu. Iria jurar que chegou a ter um vislumbre da orgulhosa camisola de Obama, o 20 nas costas.

Pragueja.

Felizmente que logo em seguida surge um novo *chapa*, que contorna a praça enquanto o cobrador, um desconhecido, anuncia aos quatro ventos o destino:

– Anjo Voador! Anjo Voador!

José Sião prageja novamente. É que este *chapa* vai deixá-lo na esquina da avenida Guerra Popular, de onde terá de subir em corrida até à Ronil para apanhar um novo *chapa* que o leve ao Museu. Vai perder vinte minutos preciosos.

O destino está já acordado e mostra os dentes. José Sião faz o que pode para o contrariar. Ouve o cobrador e é como se este anunciasse, não a rota do *chapa* mas um convite; como se o *chapa* procurasse – no dédalo de casas e arvoredo, caminhos e gente – o passageiro que veio buscar.

– Anjo Voador! Anjo Voador!

Sorrindo, com a mochila às costas e o pensamento gaio na cabeça, José Sião vence quase em voo os últimos metros que lhe faltam e salta agilmente para o carro, que nem precisa de parar completamente antes de retomar a viagem com aquele silvo de cobra que emite a porta de correr ao fechar-se.

A meio metro de distância (um meio metro que acabou por ser vital), há uma rapariga sentada no chão. A blusa é verde, os chinelos são de plástico. Um deles ficou mesmo para trás quando ela pulou, e está agora conspurcado pelo óleo que alastra no passeio. Apesar do coração aos saltos dentro do peito, a rapariga jaz incólume como uma pequena virgem. Geme baixinho. A pouca distância, o *tchova*[5] das frutas que o *chapa* esmagou antes de ser parado pela árvore é uma massa de ferros retorcidos. No chão, entre a rapariga e o metal disforme, quase a fundir-se com a poça de óleo e a alaranjá-la, babas de papaia pintalgadas pelos seus caroços negros, fiapos de ananás e gomos de laranja estraçalhados (casca e polpa uma substância só).

Os transeuntes decidem finalmente aproximar-se. Avançam com cuidado, evitando a sujidade do passeio. Temem, já se disse, o desmoronar do quadro instável. Depois da curta hesitação tudo vai correr com rapidez: os passageiros sain-

---

[5] tchovar: empurrar; tchova: carrinho de mão.

do como for possível, o chiado dos pneus dos carros que os vão levar (ordens gritadas, portas a bater em sucessão), as sirenes, e finalmente as buzinadelas de protesto quando o aglomerar dos curiosos tornar a estrada intransitável.

A virgem da blusa verde é uma figura suspensa. Ninguém repara nela e ela ainda não percebe o que aconteceu. Ainda não se preocupa com o ter, doravante, o que vender.

Felizmente que o *chapa* não vai cheio. José Sião consegue mesmo um dos lugares da frente apesar de o cobrador não ser Obama. Já sentado, o olhar perdido na janela, assiste ao desfilar da cidade: ela imóvel, ele em movimento. Enquanto isso vai apalpando o interior da mochila para se certificar que o *flash* está mesmo lá. Passa os dedos por uma caneta *bic*, um lápis com a borracha acoplada, duas camisinhas nas suas saquetas plastificadas (pensa em Zemira, com quem há tempos tem um caso), três ou quatro moedas de dez ali esquecidas. Guarda sempre as moedas de dez, as únicas que vale a pena. Reconhece também os cadernos de apontamentos e um livro que terá de devolver à biblioteca ainda hoje, impreterivelmente. Sorri com o pensamento posto nesta palavra.

Acontece-lhe muitas vezes assim, a surpresa de deparar pela primeira vez com uma palavra, e nos dias seguintes a nova surpresa de a ver surgindo nas mais diversas situações como se tivesse estado sempre ali, embora escondida, e subitamente resolvesse expor-se em todo o seu esplendor. Impreterivelmente. Enrola-a na língua, satisfeito com a descoberta. Tivesse tempo e arranjava uma maneira de a incluir no ensaio.

Dá finalmente com o dito *flash*. Está portanto tudo no seu lugar.

Inspira o ar da manhã e solta a atenção em volta enquanto o cobrador vai anunciando aos quatro cantos, não um destino mas quem ali transporta:

– Anjo Voador! Anjo Voador!

Faz cálculos rápidos. Assim que chegar voará até ao balcão da informática a fim de imprimir o trabalho (oxalá já estejam abertos). Só depois irá para a aula. Chegará, claro, atrasado. Como sempre o professor estará de pé, passeando-se pelo estrado, o seu discurso correndo à desfilada, interrompido apenas para os costumeiros gatafunhos no quadro negro, datas, nomes de autores estrangeiros, duas ou três palavras-chave. Como sempre interromperá esse discurso para franzir o sobrolho atrás dos óculos e, em meias-palavras, manifestar o seu desagrado pela intromissão. E ele, pé ante pé, caminhará pelo corredor até ao seu lugar, ao som das risadas abafadas dos colegas. Encolhe os ombros. Subitamente, um sobressalto. Será que o trabalho está na pasta certa? Pensa nas pequenas pastas amarelas que há dentro do *flash*, as pastas que, no fundo, organizam a sua vida: a da 'Faculdade', com os trabalhos subdivididos por anos e por disciplinas; a da 'Música', arrumada por categorias (*rap, chill-out, kuduro, passada...*), e por fim alguns poucos *videoclips*, por não haver espaço para mais.

O *chapa* serpenteia agilmente entre a massa de veículos ansiosos por chegar à cidade. Por esta altura já vai abrandando de vez em quando para deixar sair uns passageiros, sempre com o silvo do correr da porta abrindo e fechando. A cidade enche-se de gente. Em princípio seria assim, mas a realidade é bem diferente.

Dentro da pasta da 'Faculdade' há músicas dispersas, na da 'Música' umas quantas fotos de mulheres nuas, na pasta dos 'Diversos' um ou dois esboços de currículos, certa vez em que lhe pediram os dados pessoais para a candidatura ao trabalho de secretariado de uma conferência que não chegou a realizar-se, ou que se realizou sem que fossem necessários os seus modestos serviços. Várias vezes pensou em criar uma pasta de trabalhos remunerados, achara mesmo um pomposo nome para ela, 'Profissional', mas as oportunidades tardam em chegar. Enfim, conclui que vai ter de dedicar uma tarde a pôr em ordem o minúsculo mundo que transporta no seu *flash*.

Dona Rosita, que passa a vida a queixar-se da desarrumação do quarto do filho, teria algo a dizer se pudesse, e soubesse, espreitar aquelas pastas!

Ajudados pelos transeuntes mais afoitos, os passageiros vão saindo como podem pela porta de correr, agora escancarada. Aqueles que têm as roupas mais claras trazem-nas manchadas de sangue. Os seus pertences estão espalhados ao acaso, ninguém parece preocupar-se com eles. Excetuando as vítimas, tudo o resto está agora longe do impreterível.

Com um profundo golpe na fronte e os braços insuflados por uns gestos largos, o motorista do *chapa* descreve o acontecido a quem o quer ouvir, como se assim pudesse evitá-lo. Os grãos de vidro das janelas estilhaçadas são contas de luz vermelha salpicando o chão. A polícia, como sempre, tarda em chegar.

Sentada no chão, a pequena virgem olha em volta sem saber ainda interpretar. Na mão tem uma laranja, a única que conseguiu salvar.

Incansável, José Sião procura formas de vencer o dia. Antes do *flash* era tudo mais difícil. Quando entrou para a Universidade era o tempo da *diskette*, que segurava nas mãos trémulas enquanto fazia a longa fila da sala de informática. Nessa altura surgiam sempre uns estudantes mais velhos a reclamar o direito aos melhores computadores e, enfezado, José Sião acabava por perder na curta refrega que se seguia, ficando com a máquina que sobrava, uma máquina mais lenta, que levava toda a manhã a processar algo que se visse, isso quando não avariava. Sim, os tempos atuais são bem melhores. E sê-lo-ão ainda mais quando tiver um computador só para si, tem até uma ou duas ideias sobre como o vai obter.

Enquanto isso, o *chapa* continua a vencer distâncias e obstáculos com surpreendente agilidade. Pela primeira vez parece-lhe que apesar de tudo vai conseguir chegar a tempo. Acaricia o *flash* que tem nas mãos e vem-lhe a sensação de que o trabalho não está assim tão mau. Imagina até as palavras do professor quando o comentar: hipóteses muito originais, argumentos desenvolvidos com clareza, citações quase irrepreensíveis. Haverá, é certo, alguns erros de português, mas não numa dimensão que chegue a comprometer o empreendimento.

Sente-se muito leve, parece-lhe até que o *chapa* voa em direção ao seu destino. Sorri.

Está frio. A pequena virgem não ousa ainda mexer-se, afora as tremuras que lhe sacodem o corpo. Vai levar um tempo até recobrar a posse dos seus movimentos. O seu olhar gira em volta, primeiro pela laranja que tem na mão, pelos braços e pelas pernas, para ter a certeza de que está inteira; depois, alarga-se timidamente pelo lugar onde estava o *tchova* da fruta, pelo passeio espaçoso e cheio de sombras que ela pensava a salvo de qualquer sobressalto, pelo céu vazio. Finalmente, detém-se na porta de correr do *chapa*, escura como a boca de uma caverna, de onde há pouco foram ajudados a sair, combalidos e cabisbaixos, os passageiros. É ali que se fixa por lhe parecer ter ouvido um som, talvez mesmo um movimento ou a fraca luz de um olhar pulsando.

Nota estas perturbações no cerne da escuridão. Por qualquer razão sente estar ali, prestes a soltar-se, um anjo voador.

MARES, O MAR

E il naufragar m'è dolce in questo mar
Giacomo Leopardi

Ela olhava a superfície e via-a generosa e ampla, abrindo os caminhos de que lhe acontecesse necessitar; não só os do sonho, mas até viagens concretas suscitadas por inexplicáveis urgências. Uma espécie de deserto sem a ansiedade dos desertos de que ouvira falar, em que atrás de cada duna se escondem ao mesmo tempo possíveis respostas e novas indagações. Era isso que ela via: o espaço, as sutis tonalidades e uma desmesura difícil de interpretar, mas benfazeja.

Ele seguia o dedo que descrevia no ar a visão dessas viagens, o olhar que afagava a vasta superfície, esforçava-se por deixar-se embalar por aquelas palavras doces, mas o mais a que chegava era à remota possibilidade de um caminho estreito e sinuoso por entre ondas de cristas afiadas como lâminas, uma espécie de desfiladeiro onde o mínimo descuido lhes seria, aos dois, fatal. Descobria mesmo, na espuma mais alta, as neves eternas e desoladas que ouvira dizer que existem nas montanhas verdadeiras, onde mesmo quem ainda é vivo ostenta já o tom arroxeado que costumam ter os mortos.

Ela sorria desses seus temores e, paciente, reiniciava o movimento de o trazer de volta ao mundo que era o seu. Ele que reparasse por exemplo nos coqueiros, capazes de embalar mais até do que as palavras. Sucessões de suspiros que quase as tornavam supérfluas, murmúrios claros como os das vogais, frêmitos leves como consoantes que, ao separar aquelas, lhes conferiam um sentido. Ele que reparasse como a cerimoniosa curvatura dos seus troncos, associada a tais rumores, traduzia de modo singelo uma hossana do reino vegetal diante de tão avassaladora serenidade. Que reparasse como os coqueiros emolduravam um quadro do paraíso que de outro modo ficaria mais entediante.

Ele ouvia estas palavras e acabava por sorrir também, ainda que apenas para a acompanhar. O sorriso triste de quem lastima não poder acreditar, isso por conhecer mais mundo do que ela. Afinal, era ele, não ela, quem largava na canoa sempre que, de madrugada, os ventos e as marés se mostravam de feição. Nesses dias, levava na mão um remo feito faca que ajudasse a proa no empreendimento de cortar as ondas. Aos pés, a lata de água para contrariar todo aquele sal que paira sempre sobre o mar, tanto que acabava por se lhe apegar à garganta matando no ninho sons essenciais como os do espanto ou os da praga, e o condenava ao silêncio. Atada ao dedo grande do pé levava uma das pontas do fio de nylon, na outra um anzol prendendo aquilo que porventura tivesse achado na véspera, a polpa alaranjada de um molusco, a tripa brilhante de um pequeno peixe, um camarão inteiro e rijo. Lamentavelmente, sabia do que falava.

Ela abria o sorriso assim como uma flor espreguiçando as pétalas (eram da terra, não do mar, as metáforas a que recorria para se mostrar), embora a gargalhada que vinha depois não passasse de uma forma de ocultar a tristeza gerada nos emaranhados caminhos que levam ao rio em busca de água, todo o santo dia. Uma tristeza lenta, ritmada pelo som do pilão abalando os alicerces da terra no ato de fazer a farinha, uma tristeza embalada por uma toada num fio de voz quase rompido, quase um queixume. E o corpo curvado para o chão, no gesto de cavar, não era mais que uma hossana diante de tão avassaladora tristeza.

Ele duvidava que os alicerces da terra chegassem à crueldade que tem o fundo do mar. Desde criança que aprendera com os mais velhos a temer esse fundo, e a importância do esperar: esperar que o céu se abrisse, que as ondas amansassem, que as canoas mais atrasadas acabassem por chegar fugindo à noite cerrada, apavoradas. Segundo ele, era desta maneira, na praia e na espera, que a pequena multidão testemunhava um vento volúvel que ora se fazia de morto para impedir essa fuga, ora não havia meio de deixar as velas em paz.

Ela asseverava que o vento da terra era mil vezes mais caprichoso, soprando a chuva para longe ou secando a água do chão numa altura em que esta era já rara, e mais que nunca necessária.

Ele, quase impaciente, referia aqueles que acabavam por não chegar. E perguntava: quantas canoas existem no fundo do mar?

Ela, irreverente, respondia que mais que canoas dessas eram os sonhos desfeitos engolidos pela terra.

Ele mencionava então um afogado concreto que lhe fora dado observar quando era criança, através da floresta de pernas dos mais velhos, devolvido pela onda caprichosa: inchado e rígido, a pele aclarada por sucessivas lavagens, os olhos fechados como se o que tivesse visto fosse terrível a ponto de lhe roubar a vontade de voltar de todo a ver. Guardaria para sempre aquele olhar cerrado.

Ela, desafiadora, dizia que mesmo assim os mortos marinhos eram mais inteiros, muito mais serenos. Mais felizes que os seus próprios mortos, desfeados pelos vermes e pela tristeza de nunca terem vislumbrado a liberdade. Antes o mar, antes a liberdade do mar que uma tristeza assim.

Ele quase então se empertigava. Que sabia ela do mar? Dos dias solitários em que mal sobrava na lata um resto de água que lhe diluísse o sal da garganta a fim de possibilitar o grito? Sim, o grito de poder dizer do desânimo de horas e horas em que o dedo do pé mal mexia, ou porque o molusco não era rijo que bastasse, ou porque as tripas estavam já baças e pouco apetecíveis, ou porque não era um daqueles dias em que calha achar um camarão, ou porque enfim os peixes se iam tornando raros e desinteressados. Dias e dias em que lhe acontecia estar cercado pelas montanhas mais altas, perdido nos vales mais profundos a partir de onde tudo aquilo que se vê são pesadas e irascíveis nuvens voando baixo.

Ela insistia, falando de outras nuvens que pairavam sobre a terra, ainda mais pesadas por nada sequer terem dentro.

Ele, desesperado, passava então a descrever aquilo que só é possível ver a partir da solidão: lulas maiores que redes de pesca desfraldadas, holotúrias de mil dentes afiados, megalodontes sedentos de sangue, polvos cujas ventosas se confundiam com as bocas de vulcões submersos, ostras em que a pérola era um barco ressequido, minúsculas anêmonas cujo veneno dizimava os marinheiros de uma frota inteira, escorpiões montados em barbatanas, perversas hidras capazes de dissimular o próprio reflexo, moreias do tamanho da canoa guardando a entrada de grutas, o cínico sorriso escancarado. E, até, adamastores de voz cavernosa soprando ventos que enfunavam sagas, ventos que embora apontados a marinheiros distantes acabavam por virar canoas na passada.

Ela retorquia com estrelas-do-mar e maravilhosas cores submersas. Mais que isso, entendia audácia sempre que ele falava em solidão: audácia de partir assim, perpendicular à linha amarela da praia para chegar perpendicular à linha do horizonte. Deixando para trás a primeira, onde o que acontece é previsível, em busca da outra onde se esconde tudo aquilo que agudiza a curiosidade feminina. Audácia de enfrentar montanhas líquidas com um anzol por única arma, sem sequer voz para poder injuriá-las. Era isso, audácia em lugar de solidão. E imaginar essa audácia era a forma que ela tinha de ansiar pela vez de a exercer também.

Ele entendia ingenuidade sempre que ela exprimia esse desejo, e sorria. Ouvia o elogio da sua própria audácia, feito assim por ela, e sorria ainda mais. Quase se deixava convencer de que no fundo, atrás do medo e da solidão, talvez fosse mesmo assim. Vaidoso, olhava o músculo do seu braço e vinha-lhe à ideia o remo amansando o dorso marinho. Nessas alturas o seu sorriso espraiava-se como a onda já no final, já sobre a areia (eram do mar, não da terra, as metáforas capazes de dar volume ao seu sorriso).

Ela via-o sorrir e sorria também. Sorria por sentir que aquele sorriso se dirigia à vontade antiga que tinha, de virar costas à terra e aos seus caminhos apertados. E estes momentos raros, em que ambos sorriam em uníssono dois sorrisos tão diferentes, eram os momentos em que mais perto se achavam um do outro.

Ele, logo depois de sorrir, sentia, no entanto, que o pensamento lhe fugia para a madrugada que aí vinha, a partida na canoa, o horizonte pejado de efêmeras evidências, com isso lhe regressando, mais pesado do que nunca, o silêncio. Um silêncio de gritos que o sal prendia na garganta, a proa tateando a água dura, o cansaço na subida da encosta interminável. E punha-o sério, esse silêncio.

Ela punha-se séria também, um modo de respeitar, mais que os temores, a quem os tinha.

No fundo talvez temessem ambos, acima de tudo, que esse silêncio viesse a ganhar raízes. Por isso ela se levantou e ele foi incapaz de a segurar. Espreguiçou-se, deixou que a capulana escorregasse até ao chão e caminhou mar adentro. Levava os olhos presos na linha do horizonte. E ele permaneceu de mãos fincadas na areia, inquieto enquanto não a visse regressar. Convencido de que o regresso dela era a forma mais segura de ele próprio deixar de partir.

O AUTOR

JOÃO PAULO BORGES COELHO, moçambicano, é escritor, historiador e professor titular de História Contemporânea na Universidade Eduardo Mondlane, em Maputo, Moçambique.

É autor de obras de ficção desde 2003, muitas delas premiadas. Os seus romances, contos e novelas estão publicados em Moçambique, Portugal, Itália, Colômbia e agora no Brasil.

No Brasil, a Editora Kapulana publicou dois romances do autor: *As visitas do Dr. Valdez* (em 2019) e *Crônica da Rua 513.2* (em 2020).

fontes	Gandhi Serif (Librerias Gandhi)
	Montserrat (Julieta Ulanovsky)
papel	Pólen Soft 70 g/m²
impressão	BMF Gráfica